AF341724

LES SURPRISES

DE L'AMOUR,

BALLET, COMPOSÉ DE TROIS ACTES SÉPARÉS.

L'ENLÉVEMENT D'ADONIS.
LA LYRE ENCHANTÉE.
ANACREON.

REPRESENTÉ POUR LA PREMIERE FOIS

PAR L'ACADÉMIE ROYALE
DE MUSIQUE,

Le Mardi trente-un Mai 1757.

PRIX XXX SOLS.

AUX DÉPENS DE L'ACADÉMIE,

PARIS, Chez la V. DELORMEL & FILS, Imprimeur de ladite
Académie, rue du Foin, à l'Image Ste. Geneviéve.

On trouvera des Livres de Paroles à la Salle de l'Opéra.

M. DCC. LVII.

AVEC APPROBATION ET PRIVILEGE DU ROI.

(?)

Les Paroles de *M.* BERNARD.
La Musique de *M.* RAMEAU.

ACTEURS CHANTANS
DANS LES CHŒURS.

Côté' du Roi.		Côté' de la Reine.	
Mesdemoiselles.	*Messieurs.*	*Mesdemoiselles.*	*Messieurs.*
Larcher.	Lefebvre.	Rolet.	S. Martin.
Le Tourneur.	Le Page.	Daliere.	Gratin.
Chefdeville.	Lévêque.	Maſſon.	Le Meſle.
	Antheaume.		
Caſeau.	Paris.	Adelaïde.	Albert.
La Croix.	Sel.	Lachanterie.	L'Ecuyer.
Sallaville.	Roze.	Dauger.	Chappotin.
Gaultier.	Robin.	Petitpas.	Ferret.
	Antheaume.		Favier.
Edmée.	Parent.	Héry.	Du Perrier.
Dubois c.	Muguet.	Emilie.	Laurent.

*L*ES deux premiers Actes de ce Ballet ont été représentés à Versailles devant le Roi, sur le Theâtre des Petits Appartemens en 1748. L'on y a fait des changemens considérables. L'Acte D'ANACRÉON que l'on donne ici, n'a point encore paru.

L'ENLEVEMENT D'ADONIS.

PREMIERE ENTRÉE.

ACTEURS.

Venus,	Mlle Davaux.
L'AMOUR,	M^{ll} Lemiére.
DIANE,	Mlle Jacquet.
ADONIS,	Mlle Dubois.
MERCURE,	Mr Godart.
UNE NIMPHE,	M^{ll} L'Heritier.

LES GRACES.

NIMPHES & CHASSEURS DE LA SUITE DE DIANE.

AMOURS, JEUX & PLAISIRS DE LA SUITE DE VENUS.

La Scéne est dans les Bois de Diane.

A ij

PERSONNAGES DANSANS.

LES GRACES.

Mlles. MARQUISE, COUPÉE, CHEVRIER.

NIMPHES & CHASSEURS.

Mlle. LANY.

M^{rs}. LAVAL, LYONOIS.

M^{rs}. Rivet, Trupty, Dupré.

Mlles. Fleury, Morel, Thételingre.

JEUX & PLAISIRS.

M^{r}. DUBOIS, Mlle. RIQUET.

M^{rs}. Hamoche, Beat, Balety, Galodier.

Mlles. Pagés, Chomart, Mopin, Defchamps.

M^{r}. VESTRIS *repréfentant Endimion.*

Mlle VESTRIS *repréfentant Diane.*

Mlle. GUIMARD *repréfentant un Amour.*

L'ENLEVEMENT D'ADONIS.

SCENE PREMIERE.

L'AMOUR.

POUR ſurprendre Adonis j'abandonne les cieux,
C'eſt l'Amour qui le ſuit, c'eſt Venus qui l'adore ;
Diane trop long-tems le dérobe à nos yeux.
C'eſt ici chaque jour qu'il devance l'aurore,
Et je viens, plus touché de l'emploi glorieux

D'inftruire un jeune cœur des fecrets qu'il ignore,
Que de regner fur tous les Dieux.

(*Adonis paroît.*)

C'eft lui.... que j'aime à voir l'ennui qui le devore !

(*L'Amour fe retire un moment pour obferver Adonis &*
pour quitter fes armes.)

SCENE II.
ADONIS.

O Diane ! O fombre Forêts !
Pourquoi n'avés-vous plus de charmes ?

Dans vos jeux innocens je trouvois mille attraits.
Fiers habitans des bois ne craignés plus mes armes;
Le trouble de mon cœur va vous donner la paix.

O Diane ! O fombres Forêts !
Pourquoi n'avés-vous plus de charmes ?

(*L'Amour reparoît fans armes.*)

SCENE III.

L'AMOUR, ADONIS.

L' A M O U R.

Vous qui connoissés ce séjour,
De mes pas égarés daignés être le guide.
En quels lieux sommes-nous ?

A D O N I S.

Diane ici préside,
Et ces bois menent à sa cour.

L' A M O U R.

Dans ces lieux écartés n'a-t-on point vu l'Amour ?

A D O N I S.

L'Amour ! Qui ? Ce monstre terrible,
Ce fatal ennemi du repos des humains !
Ah ! Qu'il éprouveroit un châtiment horrible
S'il tomboit dans nos mains.

L' A M O U R.

Le Dieu qui fait aimer, le Dieu qui rend aimable
Est-il un monstre redoutable ?

Hélas! Peut-on le craindre ? Il eſt fait comme vous.
Dans un âge ſi tendre, avec des traits ſi doux,
Le Dieu qui fait aimer, le Dieu qui rend aimable
Eſt-il un monſtre redoutable ?

ADONIS.

Il eſt armé de feux vengeurs....

L'AMOUR.

Ses feux ſont de douces ardeurs
Qui brillent dans les yeux, qui coulent dans les
veines.

ADONIS.

Il mêle à ſes plaiſirs des rigueurs inhumaines.

L'AMOUR.

Jugés du prix de ſes faveurs,
Puiſqu'il fait adorer ſes peines.

ADONIS.

Il ne ſe nourrit que de pleurs.

L'AMOUR.

Il eſt le Dieu des ris.

ADONIS.

Ses liens ſont des chaînes.

L'AMOUR.

L' AMOUR.

Ses chaînes font des fleurs.

ADONIS.

Mais c'est un enchanteur... Ah! Je l'éprouve même
Au charme dangereux que vous tenés de lui.

L' AMOUR.

S'il enchantoit vos fens, s'il charmoit votre ennui ?

ADONIS.

Non. Ma frayeur feroit extrême !

L' AMOUR.

Je vous entendois foupirer,
Quand vous rêviés fous cet ombrage ;
C'est le reveil d'un cœur qui cherche à s'éclairer.
Le votre enfin commence à murmurer
D'un trop long efclavage.

ADONIS.

Si l'on connoît fon cœur par fes défirs,
Je l'avourai, le mien fe fait déja connoître.

L' AMOUR.

Allons chercher l'Amour, il vous dira peut-être
D'où naiffent vos premiers foupirs....

B

Que fa mere, Adonis, vous feroit mieux entendre
Un myftere fi tendre !...
Que vous lui trouveriés d'attraits !

A D O N I S.

Son nom n'eft point encor connu dans ces forêts.

L' A M O U R.

Diane à mille appas, & la cour qui l'adore
Offre les objets les plus doux.
Venus d'un feul regard les effaceroit tous.
Sur le char du matin vous avés vu l'Aurore,
Et Venus eft plus belle encore.

A D O N I S.

Plus belle ! O ciel, que dites-vous ?...
De mes tranfports je ne fuis plus le maître,
Allons chercher l'Amour.....

L' A M O U R.

Adonis, tu le vois,
Et Venus va paroître.

ADONIS.

Au trouble de mon ame, au charme de sa voix
Pouvois-je, o ciel, le méconnoître !

*(L'arrivée de Venus est annoncée par une symphonie agréable ;
& par la danse des Graces, qui la précédent. Elles
environnent Adonis, qui ne sçait d'abord laquelle adorer.
Venus paroît & fixe ses regards.)*

SCENE IV.

VENUS, ADONIS,

(L'Amour & les Graces restent au fond du Théâtre.)

VENUS, à ADONIS.

Vous parliés à l'Amour, quoi ? Vous ne craignés plus
D'écoûter son tendre langage ?

ADONIS.

Mon cœur risquera davantage
S'il écoute Venus.

VENUS.

Vous plairés-vous toujours dans ce lieu solitaire ?

ADONIS.

Avant ce jour, hélas ! J'y bornois tous mes vœux.

B ij

VENUS.

La Déeffe des bois fans doute a fçu vous plaire ?
Vous l'aimés ?

ADONIS.

Je dois tout à fes foins généreux ,
J'écoûte fes leçons , je lui marque mon zele...
        Mais fais-je encor ce que je veux ?...
Demandés à l'Amour s'il m'a parlé pour elle.

VENUS.

    S'il étoit un autre féjour
Où la voix du plaifir fe feroit feule entendre ,
Où pour vous mille jeux renaîtroient chaque jour ,
Où toujours adoré , vous feriés toujours tendre.....
Quitteriés-vous ces lieux pour un féjour fi doux ?
    Parlés.

ADONIS.

    Déeffe , y feriés-vous ?

VENUS.

Oui , charmant Adonis , j'y ferois pour vous plaire,
Pour jouir d'un bonheur qui fixe tous mes vœux ,
    Pour y bruler de tous les feux
Qu'Amour peut allumer dans le fein de fa mere.

Fuyés une loi trop févere ,
Je garde un fort plus doux au plus beau des mortels ;
Venés partager à Cythere
Et ma tendreffe & mes autels.

A D O N I S jettant fon javelot.

Ah ! Je vous fuis par-tout. C'eft l'Amour qui l'or-
donne ;
Eh ! Qui pourroit lui refifter !..
Mais Diane que j'abandonne....
Mais vous que je ne puis quitter...
Pardonnés ce dèfordre à mon premier hommage.
Adonis eft à vous. Adonis eft charmé.

V E N U S.

Son cœur m'aimera d'avantage
Puifqu'il n'a point encor aimé.

E N S E M B L E.

Dieux ! Quel bonheur fera le nôtre !
Hâtons l'inftant de nos plaifirs.
Pourquoi languir dans les défirs ?
Quand deux cœurs font faits l'un pour l'autre.

*(Le Duo eft interrompu par un bruit de Chaffe. L'Amour
qui eft forti du théâtre , pour obferver ce qui fe paffe , rentre
tout effrayé.)*

SCENE V.

VENUS, L'AMOUR, ADONIS.

L'AMOUR.

Diane affemble ici fa Cour.
Fuyons, fortons de ce féjour ,
Et cherchons dans les airs une route nouvelle.

ADONIS.

La fuir! Ah ciel , que dira-t'elle ?

L'AMOUR.

Que tout céde à l'Amour.

(L'Amour , Venus & Adonis fortent enfemble. Des Chaffeurs & des Nymphes entre fur le Théâtre en danfant , & forme un Divertiffement , qui eft enfuite troublé par l'arrivée de Diane , & par fes plaintes.)

SCENE VI.

DIANE.
NYMPHES & CHASSEURS.

UNE NYMPHE, avec le CHŒUR.

LE jour vient d'éclore
Diane est aux bois,
Son cor & sa voix
Nous pressent encore.
Courons si bien tous
Que l'Amour jaloux
Ne nous puisse atteindre.
Tranquille séjour
Tu n'as point à craindre
Les traits de l'Amour.

(Les Jeux des Chasseurs continuent, & leur voix se mêle aux chants de la Nymphe.)

LA NYMPHE, alternativement avec le CHŒUR.

L'oiseau le plus tendre,
Discret dans ses chants,
Craint de faire entendre
Des sons trop touchants.

L'Amour nous offenfe
Même en fes chanfons :
Chantons l'innocence
Dont nous jouiffons.

On danfe.

CHŒUR de NYMPHES, derriere le théâtre.

Adonis, Adonis, pourquoi nous fuyés-vous ?

(Diane arrive.)

SCENE VII.
DIANE, LES CHŒURS.
DIANE.

O Dieux ! Quel raviffeur jaloux
Peut ici braver ma puiffance ?
Courons, courons à la vengeance !
Volons fur fes pas ; armons nous.

CHŒUR de NYMPHES & de CHASSEURS.

Courons, courons à la vengeance !
Volons fur fes pas ; armons-nous.

(Une partie des Nymphes & des Chœurs fort du théâtre
pour fuivre Adonis.)

DIANE.

DIANE.

L'Amour a-t'il féduit fa credule innocence ?
Cruel, je reconnois tes coups :
Courons, courons à la vengeance,
Volons fur fes pas ; armons-nous.

Jupiter, prends-tu fa défenfe ?
Si tu ne punis qui m'offenfe ,
Tout fe reffentira de mon jufte couroux.

La plus affreufe nuit couvrira ces rivages ,
J'obfcurcirai mes feux qui brillent dans les airs.
Hécate ira dans les enfers.
Des torrents du ténare exciter les ravages.
Et je déchaînerai du fond de ces deferts
Mille monftres fauvages
Qui défoleront l'univers.

(Mercure defcend du Ciel.)

C

SCENE VIII.

MERCURE, DIANE, NYMPHES.

DIANE.

MErcure, venés-vous m'apprendre
Que mes pleurs ont touché les Dieux ?

MERCURE.

Oui, l'objet de tes vœux va paroître en ces lieux,
Venus confent à te le rendre,
Ofes, fi tu veux, le reprendre ;
Mais garde-toi de l'erreur de tes yeux,
Et crains de te laiffer furprendre.

(Venus paroît fur un nuage ayant devant elle l'Amour & Adonis déguifé fous les mêmes traits, avec les armes & les attributs de ce Dieu : Venus eft accompagnée de toute fa fuite.)

SCENE IX.

VENUS, DIANE, MERCURE ,'ADONIS.
L'AMOUR, Graces, Jeux & Plaisirs.

*VENUS en préfentant à Diane l'Amour & Adonis,
déguifé fous les mêmes traits.*

JE céde à tes defirs par une loi fuprême.
Sous les traits de l'Amour je te rends Adonis,
    Tu le vois près de l'Amour même ;
Tu peux choifir.

D I A N E.

    O Dieux! Qu'entends-je ? Je frémis!
Adonis... repondés.... il garde le filence....
Dieux ! Si j'allois choifir l'ennemi qui m'offenfe !..
    Venus, tu l'emportes fur moi.
    Garde un ingrat que je te livre :
      Dès qu'il a pû te fuivre ,
    Il n'eft plus digne que de toi.
              (*Elle fort.*)

L' A M O U R.

Nous triomphons de fa colere.
Sombres forêts , trifte féjour ,
                C ij

Difparoiffés, laiffés voir à l'Amour
Des lieux plus dignes de lui plaire.

(Le théâtre change ; on voit les Jardins d'Amathonte, ornés
de berceaux & de portiques dorés.)

SCENE X.

L'AMOUR, VENUS, ADONIS, les GRACES.

CHŒUR des Amours, des Plaisirs
et des Jeux.

CHŒUR.

CHantons l'Amour & fa conquête,
Qu'il va combler d'heureux défirs !
L'Hymen en prépare la fête ,
L'Amour en promet les plaifirs.

VENUS.

Votre bonheur fait ma gloire fuprême ,
Ah, quel plaifir de vous charmer !

ADONIS.

L'Amour donne un cœur pour aimer,
Et c'eft Venus qu'il faut qu'on aime.

Quel amant fut jamais épris
D'une ardeur fi pure & fi belle?

Quel doit être l'excès d'une flâme nouvelle
Dont l'Amour eſt l'auteur, dont Venus eſt le prix.

*(La ſuite de Venus forme un Ballet, auquel les Graces
préſident.)*

VENUS.

Le premier trait que l'Amour lance
Eſt celui qui bleſſe le mieux.
Que ce Dieu plaît à ſa naiſſance !
L'inſtant qui détruit l'ignorance
Eſt l'inſtant le plus précieux ;
Quand on ſort de l'indifference,
Le premier trait que l'amour lance
Eſt celui qui bleſſe le mieux.

L'AMOUR à *Adonis.*

Diane que tu crois ſi fiere & ſi ſauvage,
N'a pas toujours gardé ſon cœur,
Et je veux que ces jeux te retracent l'image
Du Berger qui fut ſon vainqueur.

*(Des plaiſirs déguiſés executent les ordres de l'Amour ; Endimion
paroît endormi au fond du théâtre ſur un lit de gazon.
Diane deſcend dans ſon char avec un Amour à ſes pieds, elle
contemple le Berger, dont elle devient amoureuſe. Danſe de
Diane & de l'Amour qui éveille Endimion. Surpriſe, enchantement du Berger, action Pantomime répréſentant les
amours de Diane & d'Endimion, que la Déeſſe enleve dans ſon
char.)*

C H Œ U R.

Chantons l'Amour & fa conquête.
Qu'il va combler d'heureux defirs !
L'Hymen en prépare la fête,
L'Amour en promet les plaifirs.

(Ce Chœur eft acompagné d'une Danfe générale.)

FIN DE LA PREMIERE ENTRÉE.

LA LYRE

ENCHANTÉE.

SECONDE ENTRÉE.

ACTEURS.

APOLLON,   Mr Larrivée.

URANIE, *Muse.*   Mlle Chevallier.

PARTHENOPE, *l'une des Sirênes,* Mlle Fel.

LINUS, *fils d'Apollon.*   Mr Poirrier.

TERPSICORE,

LES MUSES,

LES SYRENES,

FAUNES, DRIADES ET SYLVAINS.

La Scêne est au pied du Parnasse.

A

PERSONNAGES DANSANS.

SILVAINS & DRYADES.

M^r. LYONOIS, Mlle. LYONOIS.

M^rs. Rivet, Trupty, Dupré, Hus,
Mlles Fleury, Morel, Armand, Thételingre.

SYRENNES.

Mlles. Defchamps, Mopin, Pagés, Chaumart.

MUSES.

Mlles. Coupée, Marquife, Chevrier, Riquet.

TERPSICORE.

Mlle. LANY.

ELÉVES DE TERPSICORE.

M^rs. Dubois, Leliévre, Balety, Beat.

LA LYRE
ENCHANTÉE.

Le Théâtre repréſente un Vallon champêtre , au pied du Mont-Parnaſſe , dont on voit les deux côteaux cou-verts de Palmiers & des Trophées qui conviennent aux Muſes & aux Arts. On voit la fontaine d'Hippocrêne qui y prend ſa ſource , & ſerpente dans le Vallon. Au ſommet du Mont , paroît le Temple de l'Immortalité.

SCENE PREMIERE.
PARTHENOPE.

CHarme de mon vainqueur , doux accens de ma voix ,
Formés avec mes yeux un ſi tendre langage,
Qu'il puiſſe écouter mille fois
Et mes ſermens & mon hommage.

A ij

Imités les oiseaux qui chantent dans ces bois,
Accompagnés leur chant, secondés leur ramage ;
  Vous plairés d'avantage
  A l'Amant dont je suis les loix.

Charme de mon vainqueur, doux accens de ma voix,
Formés avec mes yeux un si tendre langage,
  Qu'il puisse écouter mille fois
  Et mes sermens & mon hommage.

Linus doit pour me voir s'échapper aujourd'hui :
Il vient, mais Uranie est encore avec lui.

      (*Elle se retire.*)

SCENE II.
LINUS, URANIE.

URANIE.

ELeve & fils du Dieu, que le Pinde révere,
Quand ma voix vous appelle aux concerts d'A-
 pollon,
  Pourquoi chercher dans ce vallon
  Et le silence & le mystere ?

LINUS.

  J'y venois rêver à l'écart.
J'ai trouvé la nature en ce séjour plus belle ;

Pour mieux vous imiter je me conduis par elle ;
  Et pour être digne de l'art,
  J'en viens confulter le modele.

   U R A N I E.

  Prenés un vol plus glorieux ;
Venés lire avec moi dans les fecrets des Dieux.

Chantés, Linus, chantés les faveurs éclatantes
  Du Dieu qui brille aux yeux de l'univers,
Les Titans renverfés, & la rage mourante
  Du Serpent qui fouilloit les airs.

   L I N U S.

  Ce fublime effor m'épouvante.
  C'eft l'amant d'Iffé que je chante.

   U R A N I E.

  Ce penchant aux douces erreurs
  Annonce déja la tendreffe.
  Gardés-vous, gardés-vous fans ceffe
  Du piége des folles ardeurs.

  S'il eft des Dieux que l'Amour bleffe,
  C'eft un jeu dont ils font vainqueurs,
  Sans qu'il en coûte à leur fageffe ;

Au lieu qu'à l'humaine foiblesse
Il coûte le repos des cœurs.

Gardés vous, gardés-vous sans cesse
Du piége des folles ardeurs.

L I N U S.

On peut chanter l'Amour sans ressentir sa flâme.
J'aime à peindre ses jeux sans éprouver ses fers ;
Il fait le charme de mes airs,
Sans faire encor le tourment de mon ame.
Je craindrai toujours ses rigueurs.

U R A N I E.

Gardés-vous, gardés-vous sans cesse
Du piége des folles ardeurs.

L I N U S.

Rassûrés-vous, Déesse...

*(On entend une brillante symphonie. Uranie se retire, Parthenope
arrive, la Lyre à la main , suivie de Faunes, de Sylvains
& de Driades ses éleves , qui l'accompagnent en dansant.)*

SCENE III.

PARTHENOPE, LINUS,
Faunes, Sylvains & Driades.

PARTHENOPE.

Venés tous écouter ma Lyre;
Avec elle, écoutés mes chants.
L'Amour en forme les accens,
Et c'eſt le plaiſir qu'elle inſpire.

LES CHŒURS.

Ecoutons, écoutons ſa Lyre.
L'Amour en forme les accens,
Et c'eſt le plaiſir qu'elle inſpire.

(On danſe au ſon de la Lyre de Parthenope ; c'eſt un Ballet champêtre dans lequel les Faunes & les Driades qui le compoſent montrent plus de gaîté que de régularité dans leurs pas.)

PARTHENOPE.

Ranimés vos ſons & vos pas,
Danſés, chantés, le plaiſir vous appelle ;

Les ris font briller plus d'appas.
C'eſt la gaïté qui rend la jeuneſſe éternelle.

(Pendant le Chant de Parthenope, les Faunes & Driades continuent leur Danſe, & répétent. Enſuite le Chœur.)

Ecoutons, écoutons ſa Lyre.

(Linus paroît.)

SCENE IV.
LINUS, PARTHENOPE.

PARTHENOPE.

Linus, que vous tardiés à répondre à ma voix!
Ces Muſes que je crains, ont ſur vous trop d'empire:
   Je vous perdrai.

LINUS.

     Non, ce n'eſt qu'à vos loix
   Que Linus charmé veut ſe rendre.
Les trouverois-je ailleurs, ces charmes que je vois?
Cette voix que j'adore, où pourois-je l'entendre?

PARTHENOPE.

Ah! Si vous l'écoûtez, vous la rendrez plus tendre.

LINUS.

Les Muſes ſur mon ame ont d'inutiles droits.

Mon

Mon esprit envain se rappelle
Les chants que les neuf Sœurs m'apprennent chaque
jour.
      Mais que ma mémoire est fidéle
        Quand vous chantés l'Amour!

P A R T H E N O P E.

Répétons nos airs tour-à-tour.

          (*Elle commence.*)

   » Lorsque Vénus sortit du sein de l'onde,
» Son regard sur la terre enfanta le desir.
» L'espoir de tous les cœurs vint bientôt se saisir :
» Et l'Amour achevant les délices du monde,
    » Donna la naissance au plaisir.

L I N U S.

   » Tout rend hommage à la beauté.
» Pour éclairer ses traits, le jour se renouvelle ;
    » Pour la chanter, s'éveille Philomèle ;
» Le Ruisseau qui fuyoit, devant elle arrêté,
    » Trace son image fidéle ;
» Des pavots du Sommeil, la douce volupté
    » Rend de son teint la fraîcheur éternelle.
» L'ordre de l'univers semble établi pour elle.
    » Tout rend hommage à la beauté.
                 B

PARTHENOPE.

Charmant éleve que j'adore,
Si vous chantés l'Amour, qui peut y refifter?
Mais occuppés-vous plus encore
A le fentir qu'à le chanter.

LINUS.

Ah! Vous m'êtes garent de ce talent fuprême,
Puifque c'eft vous que j'aime.

ENSEMBLE.

Aimons-nous, répétons cent fois
Le charmant aveu de nos flâmes.
Que l'accord touchant de nos voix
Egale celui de nos âmes.

PARTHENOPE.

Linus, fi ton cœur eft à moi,
Je veux me venger avec toi.
Les Mufes condamnent fans ceffe
Les Syrenes & leur amour :
Je veux qu'Uranie à fon tour
En éprouve toute l'yvreffe.

LINUS.

Vos efforts feroient impuiffants.

PARTHENOPE.

Par un enchantement plus doux que redoutable,

(En montrant la Lyre qu'elle tient.)

Qui touche cette Lyre en tire des accents
· Qui pénetrent les sens
D'un charme inévitable.
Uranie en ces lieux va preffer son retour.
Elle y trouvera cette Lyre....
Pour mieux jouir de son martire ;
Cachons-nous ; elle vient......

*(Parthenope suspend à un arbre la Lyre enchantée, & sort
avec Linus.)*

SCENE V.
URANIE, *seule.*

C'Est ici le séjour
Où le fils d'Apollon doit bientôt reparoître.
Attendons.... Quel objet vient de frapper mes yeux!
Pourquoi cette Lyre en ces lieux ?
A l'une de mes sœurs elle appartient peut-être.
Voyons.. en la touchant, amufons nos loifirs.

*(Uranie touchant cette Lyre, est étonnée du prélude qu'elle entend,
& qui lui inspire auffitot des chants d'Amour.)*

» Douce volupté d'un cœur tendre
» Triomphés de tous les plaifirs.....

(Uranie s'arréte avec furprife.)

Ah , Dieux! Que me fait-elle entendre!..
Mais je crains peu de m'y laiffer furprendre :
Ce font de vains accords qu'emportent les Zéphirs.

» Douce volupté d'un cœur tendre
» Triomphés de tous les plaifirs.

» L'Amour caufe quelques foupirs ,
» Mais le bonheur doit en dépendre.

» Douce volupté d'un cœur tendre
» Triomphés de tous les plaifirs.

Quels fons touchants ! Je devrois les fufpendre...

Linus , mon cher Linus , quelle ardeur de te voir
Brûle mon ame impatiente !

Trop d'interêt pour toi commence à m'émouvoir,
Et mon amitié m'épouvante.

(Après avoir rêvé quelque-tems , elle touche encore cette Lyre ,
qui rend des fons plus gais.)

» La fageſſe eſt de bien aimer,
» Et d'aimer toujours fans partage.

» On eſt heureux ſi l'on peut s'enflâmer ;
  » Si l'on eſt conſtant on eſt fage.

  » La fageſſe eſt de bien aimer,
  » Et d'aimer toujours fans partage.

(*Après un moment de filence.*)

Je le ſens bien, Linus, le bonheur de mes jours
    Seroit de t'adorer toujours.

(*Elle s'arrete avec étonnement.*)

L'adorer.... moi ? qu'ai-je dit ? je l'ignore.
Ma raiſon interdite accuſe mes diſcours ;
    Et mon cœur les repete encore.

Il vient.... comment cacher le feu qui me devore ?

S C E N E VI·

U R A N I E, L I N U S.

U R A N I E.

SUivés, chantés le Dieu qui paroît vous charmer;
    Je ne lui ferai plus contraire.
    Quand mon cœur brûle de vous plaire
    Puis-je vous défendre d'aimer ?

L I N U S.

    Ah , Déeffe ! Le puis-je croire ?
    Non , non , ce feroit en un jour
    Trop d'ambition pour ma gloire ,
    Trop de triomphe pour l'Amour.

    Amufons-nous de la tendreffe ,
    Qu'elle foit un jeu pour nos cœurs ;
    Gardons-nous, gardons-nous fans ceffe
    Du piége des folles ardeurs.

U R A N I E.

    Vous me lancés mes propres armes ,
Quand je les mets aux piés de mon vainqueur.

LINUS.

Eh bien, connoiſſez donc mon cœur.
Comme vous de l'Amour j'éprouve tous les charmes,
Dans ces lieux, loin de vous, je venois ſoupirer...
J'adore....

URANIE.

Ah ! De quel trait m'allez-vous déchirer ?

LINUS.

J'adore une Syrene, & je ſuis aimé d'elle.
Parthenope.....

URANIE.

Quel nom ! Quelle honte mortelle !

LINUS.

Apollon lui-même en ce jour
Va couronner notre eſpérance.

(Un prélude annonce l'arrivée d'Apollon.)

Mais ce brillant concert annonce ici ſa cour,
Et je vois le Dieu qui s'avance.

URANIE.

Comment éviter fa préfence.

Le Parnaſſe s'eclaire : Apollon deſcend d'un côté de la Montagne, ſuivi des Muſes, Terpſicore arrive enſuite, ſuivie de ſes eleves; les Faunes & Driades qui ont formé le premier Divertiſſement accourent à ce Spectacle.

SCENE VII.

APOLLON, URANIE, LES MUSES, PARTHENOPE, LINUS, LES SYRENES, FAUNES & DRIADES.

APOLLON à Uranie.

MUfe, rougiſſés moins d'un piege de l'Amour;
Ce Dieu pour vous ſoumettre enchanta cette Lyre :
    Sortés de ce délire,
Et de votre raiſon célébrés le retour.

(Apollon donne ſa Lyre à Uranie, à la place de celle qu'elle avoit, & l'enchantement finit.)

Accourés, Muſes & Syrenes,
Venés feconder mes délirs.

Que

Que vos talens unis forment les douces chaînes
Qui menent aux plaisirs.

(La réunion des Muses & des Syrenes se forme par un Ballet.)

PARTHENOPE.

Vole, Amour, prête-moi tes armes ;
Que le cœur de Linus s'enflâme chaque jour.
Que ne puis-je augmenter mes charmes
Pour ajouter à son Amour.

CHŒUR.

Enseignés-nous vos jeux, brillante Terpsicore,
Que nos voix, que nos chants accompagnent vos
pas.
Rendés-les plus legers encore ;
L'Amour vous suit, il vole & ne vous quitte pas.

(Terpsicore arrive : les leçons qu'elle donne aux Sylvains rendent leur Danse plus réguliere ; ils se mêlent aux Muses & aux Syrenes.)

PARTHENOPE, aux Muses.

Souffrés les Amours sur vos traces,
Muses, souvenés-vous toujours
Que l'esprit est sans les amours
Ce qu'est la beauté sans les graces.

C

C'eſt à l'Amour qu'il faut céder;
Quel autre charme nous arrête ?
L'eſprit peut faire une conquête ;
Mais c'eſt au cœur à la garder.

(Ballet des Muſes, des Syrenes, des Driades, des Sylvains,
ayant Terpſicore a leur téte.)

FIN DE LA SECONDE ENTRÉE.

ANACRÉON.

TROISIÉME ENTRÉE.

ACTEURS.

L'AMOUR,   Mlle. Lemiére.

ANACRÉON,   M^r. Gélin.

LA PRÉTRESSE de BACCHUS, Mlle. Davaux.

LYCORIS, *Personnage Dansant.*

AGATHOCLE,⎞
EURICLÉS,⎠ *Amis d'Anacréon.* ⎧M^r. Poirier.
⎩M^r. Muguet.

TROUPE DE FEMMES INSPIRÉES,
   représentant les MENADES.

CONVIVES.   ⎧M^r. Pouffint.
⎩M^r. Robin.

ESCLAVES.

LES GRACES.

AMOURS, RIS & JEUX.

La Scéne est à Théos, dans la Maison d'Anacréon.

PERSONNAGES DANSANS.

LYCORIS.

Mlle. PUVIGNÉ.

ESCLAVES D'ANACRÉON.

M^{rs}. Galodier, Hamoché, Feuillade, Veſtris .c.

Mlles Deſchamps, Mopin, Pagés, Chomard.

GRACES.

Mlles. MARQUISE, COUPÉE, CHEVRIER.

EGYPANS ET MÉNADES.

M^r. LANY. Mlle. LYONOIS.

M^r. LAVAL.

M^{rs}. Rivet, Hus, Dupré, Trupty.

Mlles. Riquet, Dumirey, Morel, Fleury.

JEUX & PLAISIRS.

M^{rs}. Dubois, Lelievre, Beat, Balety.

ANACRÉON.

Le Théâtre repréfente l'appartement d'Anacréon orné pour une fête, on y voit les ftatues de l'Amour & de Bacchus. Trois arcades ouvertes laiffent voir un falon d'architecture grecque, avec des buffets garnis de vafes, &c. Anacréon paroît à table au milieu de ce falon avec plufieurs convives, environnés de jeunes Efclaves qui leur verfent à boire, qui les couronnent de fleurs & qui danfent entour d'eux. Lycoris, maîtreffe d'Anacréon, eft toujours à leur tête.

SCENE PREMIERE.

ANACRÉON, [LYCORIS *perfonnage danfant.*]
AGATHOCLE, EURICLES, Convives.
Esclaves, *jeunes* Grecques.
ANACRÉON, AGATHOCLE, EURICLES.

R Egne, ô divin Bacchus! Enflâme nos efprits:
  Que le tranfport de ton yvreffe
  A chaque inftant renaiffe
  Avec la tendreffe & les ris.
      A.

Regne, ô divin Bacchus ! Enflâme nos efprits.

A N A C R É O N.

Le vol du tems qui nous preffe,
Nous fait mieux fentir le prix
De l'inftant fortuné que le Deftin nous laiffe.

ANACRÉON & LES CONVIVES.

Regne, ô divin Bacchus ! Enflâme nos efprits.

*A N A C R É O N, s'adreffant à LYCORIS dans le tems
qu'elle danfe autour de lui & qu'elle lui verfe à boire.*

Nouvelle Hebé, charmante Lycoris ,
Vole, repands fur nous les fleurs de ta jeuneffe ;
Par tes dons, par tes yeux rends nos cœurs plus
épris.
Verfe nous le nectar , fais-le couler fans ceffe.
Charmante Lycoris,
Sois dans ce temple heureux, l'adorable Prêtreffe ,
De tous les Dieux que je chéris.

C H Œ U R.

Regne, ô divin Bacchus ! Enflâme nos efprits.

A N A C R É O N , à LYCORIS.

Que l'amante d'Alcide au féjour du tonnerre
Soit jaloufe de tes bienfaits,

Et

Et vienne fur la terre
Voir les Dieux que tu fais.

(Ici la Danfe de Lycoris devient plus vive , & rend plus gais
les chants d'Anacreon.)

Point de trifteffe :
Paffons nos jours
Dans les amours
Et dans l'yvreffe.
Buvons fans ceffe,
Aimons toujours.

Le vin , la tendreffe,
Convive , maîtreffe
M'invite à jouir.
Tout plaifir m'enchante,
Je bois, ris & chante ;
Toujours dans l'attente
D'un nouveau plaifir.

(Ces chants font interrompus par une bruyante fimphonie. La
Prêtreffe de Bacchus paroît fuivie d'une troupe de femmes
infpirées , reprefentant les Menades , portant des thirfes &
des flambeaux.)

B

SCENE II.

ANACRÉON, la PRESTRESSE de BACCHUS, *Femmes repréfentant les* MENADES *, & les Aĉteurs de la fcêne précédente.*

ANACRÉON.

Q Uel bruit ? Qu'elle clarté vient ici fe répan-
       dre !
Prêtreffe, où courés-vous? Quels tranfports furieux?

CHŒUR de MENADES , fuivi de leur danfes tumultueufe.

Détruifons un culte odieux.

LA PRESTRESSE , à ANACRÉON.

Favori de Bacchus, ofes-tu faire entendre
    Les chants qui profanent ces lieux ?

CHŒUR des MENADES.

Détruifons un culte odieux.

LA PRESTRESSE.

Renverfons cet autel.

ANACRÉON, *se levant pour s'opposer à*
leur fureur.

Ah, laiſſés-moi défendre
Le plus charmant de tous les Dieux !

LA PRESTRESSE, *en l'arrêtant.*

Ceſſe ton criminel hommage ;
Chaſſe l'Amour
De ce ſéjour.
Avec Bacchus point de partage :
C'eſt un outrage.

ANACRÉON.

Et, pourquoi donc les ſéparer ?
Quand la volupté les raſſemble.

LA PRESTRESSE.

L'Amour nous feroit ſoupirer.

ANACRÉON.

A la table des Dieux on les adore enſemble.
Eh, pourquoi donc les ſéparer ?

(On voit ici dans un Ballet figuré un combat entre les ſuivant
d'Anacreon & ceux de la Prêtreſſe. Lycoris qu'on veut arracher
de ces lieux, paroît toujours au milieu de la Danſe, pourſuivie
par une Menade. La Symphonie exprime la fureur des uns
& les gémiſſemens des autres. Les Bacchantes ont enfin le
deſſus : Lycoris diſparoît, & l'on briſe la ſtatue de l'Amour.)

L A   P R É T R E S S E.

Bacchus remporte la victoire.

A G A T H O C L E, *ramenant Anacréon à table.*

Ce Dieu suffit à nos défirs :
Renouvellons nos chants , goûtons mieux fes
    plaifirs.

    Le même avec la Prestresse *& les* Chœurs.

Ne fuivons que Bacchus ; ne chantons que fa gloire.

A G A T H O C L E , *à Anacréon.*

    L'Amour nous coûtoit trop de foins.
Ne fuivons que Bacchus ; ne chantons que fa gloire.

(Lycoris , qui s'eft échappée , reparoît encore fur la fcêne , & vole
    vers Anacréon , qui lui tend les bras.

A N A C R É O N.

    Ah , laiffés - moi du moins ,
Laiffés-moi Lycoris pour me verfer à boire.

L A   P R É T R E S S E , *à fa fuite.*

Eloignés cette objet qui bleffe ici nos yeux.
Amis d'Anacréon , redoublés fon yvreffe.

    Et nous pleins du Dieu qui nous preffe ,
    Pourfuivons l'Amour en tous lieux.

(On enléve Lycoris. La Prétreffe & fa fuite fe retirent. Ana-
    créon refte plus rêveur , & les chants reprennent.)

SCENE III.

ANACRÉON, AGATHOCLE, EURICLÉS, & *les autres* CONVIVES.

LE CHŒUR.

BAcchus remporte la victoire.
Ne suivons que Bacchus ; ne chantons que sa gloire.

*(Une Symphonie plus douce, annonce & prépare le sommeil
des Convives.)*

AGATHOCLE.

Mais un divin sommeil vient calmer nos esprits :
Cédons à ce charme invincible.

ANACRÉON.

Mes yeux en se fermant auroient vu Lycoris.

AGATHOCLE.

L'Amour ne donne point un repos si paisible.
Laissons veiller l'Amour & les jaloux :

ANACRÉON, AGATHOCLE ET EURICLES.

Avec Bacchus endormons-nous.

*(Ici les voix s'affoiblissent imperceptiblement ; les lampes s'éteignent,
Les rideaux tombent & ferment les arcades. Anacréon paroît
endormi sur un lit de repos à l'un des côtés du Théatre.)*

SCENE IV.
ANACRÉON, L'AMOUR.

*(La plus douce Symphonie accompagne le sommeil d'Anacréon.
Il est intérompu par le bruit du Tonnerre, & l'on entend un
Orage terrible.)*

ANACRÉON.

QUi m'éveille ? J'entends le tonnerre qui gronde.
Quels siflemens ! Quel bruit ! Eole est déchaîné :
     Bacchus, que ne m'as-tu donné
     Ton yvresse la plus profonde !
     Envain Jupiter eut tonné.

L'*AMOUR*, derriere le Théâtre.

     Quelle nuit ! O ciel, quel orage !

ANACRÉON.

Quels sons plaintifs !

L'*AMOUR*.

         Hélas ! Je vais périr.

ANACRÉON.

C'est la voix d'un enfant.

L'*AMOUR*.

       Dieux, quel affreux ravage !

A N A C R É O N.

La tempête redouble ; allons le fecourir.

(Il fe leve pour ouvrir à l'Amour , qui paroît en habit d'Efclave ,
& dans un grand défordre.)

Que vois-je ? De pitié mon âme eft attendrie.
Jeune infortuné, quel malheur
Expofe votre vie ?
Parlez.

L' A M O U R.

Je fuis encor tout glacé de frayeur.

A N A C R É O N.

Où vîtes-vous le jour ?

L' A M O U R.

Cythere eft ma patrie.

A N A C R É O N.

A quel maître êtes-vous ?

L' A M O U R.

Je fervois Lycoris ;
J'étois fon efclave fidele.
Un ingrat, qu'elle aimoit, la quitte avec mépris.
Le courroux s'eft emparé d'elle ;
J'ai moi-même éprouvé fes tranfports furieux :

J'ai fui fa difgrace cruelle;
Et mes pas égarés m'ont conduit en ces lieux.

ANACRÉON.

Quoi! Lycoris brûloit d'une ardeur auffi tendre?

L' AMOUR.

Si l'ingrat avoit pu l'entendre!
S'il eut vu fon funefte fort!
Mais fonge-t-il à fon Amante?
Dans les bras de l'Amour, Lycoris eft mourante;
Et dans ceux de Bacchus le parjure s'endort.

ANACRÉON.

Quel eft donc cet amant coupable?

L' AMOUR.

Ah, de tous les mortels il fut le plus aimable.

Avant ce jour
C'étoit l'Amour
Qui tenoit chez lui fon empire.
Les Graces montoient fa lyre;
Les Jeux venoient à l'entour
Danfer, folâtrer & rire.

Aujourd'hui la fureur, d'un bachique délire
Les a bannis de ce féjour.

ANACRÉON.

A N A C R É O N.

>Le déclin de l'âge
>Peut-être l'engage
>A quitter leur Cour.
>On fuit avec moins de peine
>Un vieillard comme Sylêne
>Qu'un enfant comme l'Amour.

L' A M O U R.

>L'infidele fur fes traces
>Guideroit encor les Graces,
>Et je fais que Lycoris
>De l'Amant qui l'abandone
>N'auroit pas donné l'automne
>Pour le printems d'Adonis.

A N A C R É O N.

Quel plaifir je goûte à l'entendre!
Mais que mon cœur éprouvé un rigoureux tourment!

L' A M O U R.

Vous foûpirez!

A N A C R É O N.

Je ne puis m'en défendre.
Je fuis ce criminel Amant.

C

L' A M O U R , avec vivacité.

Qu'entens-je ! Lycoris, peut-être, vit encore :
Hâtés-vous : ah ! Rendés le jour
A l'Amante qui vous adore.
Par la voix de l'Amour, la pitié vous implore.

A N A C R É O N , le confidérant attentivement.

Mais vous, que j'obferve à mon tour,
Enfant myftérieux, que je cherche à connoître . . .
Efclave.... Ah !.. Vous êtes mon Maître :
Et je fuis aux piés de l'Amour.

(Il s'y jette , & dit avec tranfport.)

Rendés-moi Lycoris ; je quitte tout pour elle.

L' A M O U R.

Volés, Amours ; venés troupe immortelle :
Rendés à fes defirs
Une Amante fidele.
Annoncés ma victoire, & chantés mes plaifirs.

(Les rideaux fe lévent. Le fond du Théâtre reparoît. Une troupe de Jeux , de Ris & d'Amours entre gaîment fur le Théâtre. Le[s] Graces ramenent Lycoris, que l'Amour préfente à Anacréon.)

SCENE V.

L'AMOUR, ANACRÉON, LYCORIS,
les GRACES, PLAISIRS, RIS & JEUX, &c.

ANACRÉON, entre L'AMOUR & LYCORIS.

SAns Vénus & sans ses flâmes
Tous nos beaux jours sont perdus :
Les vrais plaisirs ne son dûs
Qu'à l'yvresse de nos ames.

Si le Dieu, rival des Amours,
Si Bacchus condamnoit l'ardeur qui me dévore,
En montrant Lycoris, je lui dirois encore,
Je lui dirois toujours :

Sans Vénus & sans ses flâmes
Tous nos beaux jours sont perdus :
Les vrais plaisirs ne font dûs
Qu'à l'yvresse de nos ames.

C ij

Si je partage mon choix,
Si je bois,
Amour n'en prends point d'ombrage :
Ce breuvage
Donne plus de force à ma voix,
Pour chanter mille fois :

Sans Vénus & fans fes flâmes
Tous nos beaux jours font perdus :
Les vrais plaifirs ne font dûs
Qu'à l'yvreffe de nos ames.

*(Les Chœurs chantent alternativement avec Anacréon ce rondeau.
Lycoris en danfant, rend grace à l'Amour & à Anacréon. Un
prélude annonce le retour des Ménades.)*

SCENE VI.

LA PRÉTRESSE de BACCHUS, MÉNADES, ÉGIPANS, & les ACTEURS de la Scêne précédente.

CHŒUR de MÉNADES, qu'on entend d'abord derrière le Théâtre.

LE chant d'Anacréon, dans ces lieux, nous ra-
pelle:
Des autels de l'Amour, allons voir les débris.

LA PRÉTRESSE surprise de voir cette Fête galante, & de retrouver ANACRÉON entre LYCORIS & L'AMOUR.

Quoi, toujours Lycoris !

ANACRÉON.

Et toujours l'Amour avec elle.

L'AMOUR, dont la préfence en impofe à la PRÉTRESSE, & à fa fuite.

L'Amour eft le Dieu de la paix:
Régne avec lui Bacchus, partage fes conquêtes.
Il lance par tes mains de plus rapides traits ;

Vien, triomphe, embellis nos Fêtes,
Mais ne les trouble jamais.

(Les Suivans de Bacchus vont au pied de la Statue de l'Amour, qui est rétablie, porter leurs Tyrses & leurs Couronnes. La Suite de l'Amour va de son côté orner de Myrthes & de Fleurs la Statue de Bacchus. Les Chœurs de Danse se mêlent. Lycoris préside à la fête.)

LES CHŒURS.

Quel bonheur pour nous! Quelle gloire !
Tout s'unit pour nous enflâmer.
Bacchus ne deffend pas d'aimer ;
Et l'Amour nous permet de boire.

(Ce Chœur & la Contre-Danse qui le suit, sont accompagnés du bruit des Syftres & autres Inftrumens Bachiques.)

FIN.

A P P R O B A T I O N.

J'Ai lû par ordre de Monseigneur le Chancelier *les Surprises de l'Amour*, Balet Héroïque, en trois Actes ; je n'y ai rien trouvé qui ne doive en favóriser l'impreſſion. A Paris, ce 5 Mai 1757.

DE MONCRIF.

ou empêchement. Voulons que la Copie defdites Préfentes , qui fera imprimée tout au long
au commencement ou à la fin dudit Ouvrage , foit tenue pour dûement fignifiée ; & comme
copies collationnées par l'un de nos amés & féaux Confeillers & Secretaires , foy foit ajoûtée
comme à l'Original Commandons au premier notre Huiffier ou Sergent , de faire toute
exécution d'icelles tous Actes requis & neceffaires , fans demander autre permiffion : & no-
nobftant Clameur de Haro, Chartre Normande & Lettres à ce contraires. CAR tel eft nôtre
plaifir. DONNB' à Fontainebleau , le douziéme jour du mois de Novembre, l'An de
Grace mil fept cent trente-quatre , & de notre Regne le vingtiéme *Et plus bas*, Par le
Roy en fon Confeil, *Signé* SAINSON, avec paraphe.

*Re giftré fur le Regiftre VIII. de la Chambre Royale des Libraires & Imprimeurs de
Paris, N. 797. fol. 779. conformément aux anciens Réglemens, confirmés par celui
du 28 Février 1723. A Paris le 23 Novembre 1734.*

G. MARTIN, Syndic

* 9 7 8 2 0 1 9 5 3 7 4 5 6 *